Annemarie Nikolaus: Prescrito

ANNEMARIE NIKOLAUS

PRESCRITO

– Histórias curtas –

Conteúdo

A décima segunda noite

Treganna, Cornualha, noite de Natal de 1072

Uma forte tempestade ressoava em torno do Grande Salão de Treganna e abafava cada vez mais o barulho dos criados do castelo que festejavam. A risada ficava presa na garganta de alguns, enquanto outros se benziam e olhavam para todos os lados. Os cães, que, em outros dias, brigavam por ossos, estavam tranquilamente deitados sob as mesas e só chamavam a atenção por meio de ganidos ocasionais.

O fogo nas duas grandes chaminés permanecia aceso a muito custo por conta da ventania. A fumaça subia até a Mesa Superior, à qual Sir Geoffroi, o novo senhor do castelo de Treganna, estava sentado com sua família.

O pequeno Amis, seu filho, tossia ao respirar a fumaça. Como ele parecia arquejar cada vez mais, Caitlin lhe deu um tapa nas costas e lhe entregou um copo com água.

Havia preocupação nos olhos dela e ela ria com pena. "Beba, que logo você se sentirá melhor." Ela esperava que ele se asfixiasse. Como ela o odiava, seu meio-irmão; mais anida do que o normando que havia obrigado sua mãe a se casar. Que Deus impeça Treganna, que era mesmo a herança dela, de cair um dia nas mãos desse fracote.

Amis estremeceu quando a tempestade, de repente, soprou em um tom mais alto.

"Você está com frio?" Sir Geoffroi o enrolou bem com seu tecido quente.

"Não, pai. Eu me assustei."

"Com esse ventinho?" Sir Geoffroi soou agora um pouco indignado. "Perto do mar ele tem bem mais força do que você está acostumado... em casa."

"Não, milorde." Caitlin vestiu novamente seu rosto preocupado. "Não é a tempestade que canta lá fora. São..." Sua voz se foi perdendo.

Amis ficou pálido e a olhou fixamente com olhos arregalados.

"Caitlin! Você não vai alimentar essa superstição."

"Como vocês podem dizer isso, milorde? O que vocês sabem da nossa terra?" Indignada, Caitlin se levantou com um salto e não se deteve mesmo com o grito enfurecido de sua mãe.

Não muito depois, Amis foi até o quarto de Caitlin. "Irmã, o que é que você não pode me dizer?"

Caitlin revirou os olhos diante desse vocativo que ela odiava. "O quê? Seu pai não quer que eu te conte o que você não pode saber dele." Ela apontou para perto do fogo e abaixou a voz. "Vento... pode-se chamá-lo assim. Mas ele não vem do mar. É a Caça Selvagem, que procura vingança nas noite até a Epifania."

O menino pigarreou e tentou dar a sua voz um tom mais grave e adulto. "Caitlin, isso é realmente uma superstição."

Ela o colocou do seu lado, sobre o parapeito da janela, e cochichou: "Você não viu o pavor nos rostos dos criados?" Caitlin segurou um sorriso triunfante quando o olhar do menino começou a tremeluzir de insegurança.

"Mas você não precisa ter medo. Você ainda é um menininho apenas. Você não tem nada a ver com o que aconteceu."

Amis ficou indignado.

"São os nossos guerreiros mortos." Caitlin sorriu. "E o meu pai os conduz. Vocês roubaram nossa terra. E a mulher dele."

"Mas não tenha medo." Ela se levantou e abriu seu baú. "Por isso, te darei meu presente já hoje." Ela lhe ofereceu uma fita vermelha na qual estava pendurada uma gema, uma pedra escura.

Amis estendeu a mão. "O que é isso?"

"Algo para te proteger, mais poderoso que a cruz dos cristãos." Caitlin colocou o amuleto em sua mão.

"Outra superstição." Sorrindo, ele balançou a cabeça, embora sua voz tremesse de medo. "Mas é bonito. – Eu só vou usar porque é um presente seu."

O tempo raramente ficou melhor nos dias seguintes. Temeroso, Amis andava para lá e para cá. Uma vez, Caitlin lhe mostrou um campo de neve destruído por pegadas na frente do castelo e o menino começou a tremer descontroladamente e a sentir falta de ar. Com pressa, ele agarrou o amuleto de Caitlin que estava em seu pescoço.

"O que você tem aí?", disse Sir Geoffroi, repreendendo-o.

O olhar de Amis foi direto para Caitlin como um pedido de ajuda. "Isso..." Ele tossia nervosamente. "É só um presente da Caitlin." Seus olhos imploravam para que ela não dissesse nada.

Mas Caitlin olhou radiante para Sir Geoffroi como se tudo estivesse na mais perfeita ordem. "Seu filho percebeu o que conta na nossa terra, milorde."

"E o que conta?" Sir Geoffroi ergueu o chicote. "Eu vou te ensinar o que é que conta!" Desferiu-lhe uma chicotada no peito.

A dor fez seus olhos lacrimejarem, mas ela apertou os lábios um contra o outro e manteve a cabeça erguida. O triunfo de ver Sir Geoffroi arrancar imediatamente o amuleto do pescoço de Amis valia toda a dor.

Num outro dia, Caitlin e Amis encontraram marcas de cascos na praia, que se perdiam no solo rochoso sob uma caverna nos penhascos. Caitlin acenou para Amis e observou, sob suas pálpebras semicerradas, como ele ficou pálido quando ela sugeriu uma investigação na caverna. Quando ela se mostrou disposta a ir sozinha depois de ele ter recusado a proposta, ele se agarrou espantado a ela e suplicou para que ela não o deixasse ali sozinho. Interessada, ela observava que ele respirava agitadamente e parecia não conseguir tomar fôlego. Isso não quer dizer que se pode morrer de medo?

A noite antes da Epifania trouxe, além da nevasca, uma maré alta que ameaçava os estábulos na baía onde os cavalos de criação de Treganna passavam o inverno. Sir Geoffroi chamou Amis para ajudar os serviçais a salvar os cavalos; Caitlin se ofereceu voluntariamente. Para proteger os animais da tempestade, eles foram levados para as altas cavernas nos penhascos.

Depois, ao anoitecer, Caitlin levou Amis para longe dos outros, aonde ela supostamente sabia que havia outra caverna. O caminho ia um pouco acima do cume do penhasco. Ao saírem da área protegida do vento, algo bateu contra eles na tempestade sibilante, algo forte e irreconhecível em meio à densa enxurrada de neve. Com um grito, Amis soltou seu cavalo e correu. Na encosta que dava para o mar, ele tropeçou e capotou várias vezes antes de conseguir se segurar em uma rocha saliente.

Pouco depois, Caitlin se ajoelhou a seu lado e o ajudou a se levantar.

Amis ofegava abalado. "O que... O que era aquilo?"

"Aquilo que veio para cima da gente?" Eram arbustos que o vento havia levado; uma visão familiar para Caitlin. Porém, ela fazia uma expressão preocupada. "Eu não te disse que os nossos guerreiros assassinados vão se vingar? Hoje – tem que ser nesta noite ou eles precisarão esperar mais um ano."

Os olhos de Amis se arregalaram de espanto.

Surgiu um barulho sobre eles; então, pedras caíram ao lado deles e rolaram até lá embaixo.

"Tem alguém lá em cima", balbuciou Amis com os lábios pálidos. Por causa do medo, ele pareceu ter se esquecido de que seus cavalos haviam ficado no cume.

Caitlin fez que sim com a cabeça. "Eu estou ouvindo barulho de cascos. Cavaleiros."

Amis agonizou e segurou em seu peito. Sua visão desapareceu.

"Treganna é minha!" Com desprezo, Caitlin olhava para a criança morta.

***

Notas históricas:

A batalha de Hastings em 1066, definida como a data da conquista normanda da Inglaterra, foi, na verdade, uma batalha pela sucessão ao trono entre um descendente normando da família do anglo-saxão Aethelred e um neto norueguês do rei dinamarquês Knut, o Grande, pois ambos governaram a Inglaterra e se casaram, um após o outro, com a mesma mulher.

O triunfante normando Guillaume le Conquérant (Guilherme I) impôs à Inglaterra a cultura e o sistema feudal dos normandos e a nobreza foi quase inteiramente substituída por uma pequena classe alta normanda: Os anglo-saxões tinham, por isso, motivos concretos para odiá-los.

A Inglaterra foi cristianizada no século IX. Mas, por muitas décadas, a antiga crença continuava a existir ao lado do Cristianismo, com mais força nas regiões influenciadas pelos celtas.

11

Presentes piedosos

Ebersbach, Suábia, 1754

Hildegard espiava através de um buraco na atrelagem da carruagem: Floresta, nada além de floresta. Ainda. Uma paisagem em preto-e-branco. Os galhos se curvavam com o peso dela. A camada de neve endurecida se quebrava rangendo sob as rodas, enquanto o cavalo procurava seu caminho na trilha pouco visível. Várias vezes, ele bufava nervosamente e parecia querer ficar parado.

Batendo os dentes, Hildegard se arrastou ao lado de sua irmã Margarethe para baixo de uma manta esfarrapada de cavalo.

"Ei, assim você vai ficar toda despenteada!" Margarethe lhe bateu com uma flauta na cabeça dela. "Eu não vou ter tempo de arrumar seus cabelos de novo quando chegarmos em Ebersbach."

Hildegard se ergueu na parede da carruagem. "Já está tarde para ir brincar hoje na feira. Isso se a gente ainda chegar hoje. Você não percebe que o cavalo está mancando?"

"Meninas, não comecem a brigar de novo!" Christian, o irmão mais velho no assento da carruagem, agitava impacientemente o chicote para lá e para cá.

Hildegard empurrou Jakob, o irmão mais novo, para o lado e se sentou ao lado de Christian. Ela se aconchegou a ele. "Você compra novos sininhos para mim?"

Christian segurou as rédeas com uma mão e acariciou seus cachos escuros com a outra. "Você quer dançar, minha linda, ou quer comer?"

"Mas amanhã é Natal!", disse Hildegard fazendo beicinho. "Todos nós deveríamos ganhar algum presente. E quanto melhor eu dançar, mais rápido conseguirei juntar dinheiro para uma licença de casamento."

"Mas primeiro é a minha vez", gritou Margarethe. "Eu sabia de um que poderia me transformar em uma mulher honesta. O fato de eu não ter medo de pegar no batente vale mais do que seu rostinho bonito."

Hildegard se virou para ela e contorceu os lábios, esboçando um sorriso sarcástico. "Um homem com profissão honesta não se casa com uma viajante."

"Eu ouvi dizer que eles aboliram essa diferença em Baden", manifestou-se Christian. "Não apenas pastores e oleiros, até mesmo peleteiros e porteiros de tribunais devem ser pessoas honestas lá."

"E os romandos e os ieniches?", quis saber Margarethe.

"Se você tiver dinheiro!" Christian encolheu os ombros. "Eles sempre conseguiram comprar seus direitos civis."

Admirada, Hildegard sacudia a cabeça. Desde quando a Margarethe se interessava por algo a não ser suas flautas e homens elegantes? "Você quer terminar se agachando por trás dos muros da cidade, Gretl? Só para eu não rir."

"Vocês não precisam brigar toda hora!" Christian deu uma forte cotovelada na lateral de Hildegard.

Antes da ladeira seguinte, ele parou a carruagem. "É melhor vocês descerem e subirem o Raichberg a pé."

Margarethe se amuou, mas Hildegard estava contente por caminhar por um trechinho e pulou da carruagem. Com uma mão, ela ergueu suas saias e, com a outra, segurou o cavalo pelo cabresto. Em meio ao ar frio, sua respiração se misturava com a do cavalo, formando uma névoa, enquanto ela caminhava sobre a alta camada de neve a passos largos.

O Raichberg, apesar de ser considerado uma montanha, não era muito mais alto do que uma colina e, em pouco tempo, ela chegara ao topo.

Lá de cima, a superfície branca da ladeira desflorestada reluzia sob a luz do sol poente, intacta a não ser pelos rastros que os animais pequenos deixaram para trás. A vista estava livre até lá embaixo, às margens do Fils, no qual flutuavam imensos pedaços de gelo. Atrás dele, o pico da torre da Igreja de São Vito, que estava coberto por neve, sobressaía em meio aos gabletes das casas.

Hildegard cobriu seu rosto com o braço para proteger os olhos do por-do-sol e acompanhou o acontecimento pela ponte. O posto militar ia surgindo ao lado da ponte e fechava, do outro lado, a barreira por trás dos agricultores e vivandeiros que deixavam a cidade.

Até uma pessoa que apenas quisesse ir à feira da cidade precisaria, agora, de um passaporte. Ela suspirou. Havia acabado a oportunidade de ganhar alguns cruzeiros para comprar presentes de Natal para os irmãos. A próxima feira só aconteceria dali a alguns dias. Christian precisava urgentemente de um novo gibão e Margarethe de um amito, que encobria os cotovelos transparentes em seu vestido. E Jakob - ele estava crescendo tão rapidamente. Hildegard suspirou mais uma vez e se voltou em direção à carruagem.

"Você tinha razão", disse Margarethe, ao ter finalmente chegado ao cimo da montanha. "Nós chegamos muito tarde. Outra noite em que há apenas sopa de raízes."

Hildegard sacudiu os ombros, pegou Jakob pela mão e desceu com ele pelo campo de neve, em sentido contrário aos agricultores que estavam indo para casa.

"Comece a chorar!", ordenou Hildegard, enquanto ele tropeçava ao lado dela, descendo a montanha.

"Eu não consigo! E não ande tão rápido", choramingava ele.

"Assim!" Ela o empurrou na neve e, como ele ainda não estava chorando, deu-lhe um tapa no rosto.

"Hilde!", gritou ele.

Quando eles chegaram à rua, Jakob estava soluçando e com o rosto cheio de catarro e lágrimas. Hildegard tirou o pano vermelho que cobria seu pescoço e parte de seus peitos e o enrolou em torno da cintura.

Ela examinava os carros e os cavalos que passavam. Por fim, ela se pôs à frente do quinto veículo, no qual estava um agricultor de meia-idade; seu braço carinhosamente em torno de Jakob, que chorava.

"Senhor, meu irmão está com fome", disse com a voz baixa. Ela se abaixou bastante, concedendo ao homem uma visão ampla de suas partes descobertas. "O senhor não teria um pedaço de pão para ele?"

O agricultor já lambia os lábios ao observá-la e coçou a cabeça. "Não", disse ele por fim.

Hildegard, que olhava para ele sem piscar, ficou com os olhos marejados de lágrimas.

"Não chore, linda criança". O homem tirou sua bolsa do gibão e começou a mexer dentro dela. Hildegard percebeu um brilho entre os dedos dele e lançou um olhar furtivo a seu irmão. Jakob rompeu a chorar mais alto e se aproximou. O agricultor levantou os olhos e deu meio cruzeiro ao garoto. "Aqui, com isso você vai poder se fartar de comer amanhã."

"Que o Senhor Deus lhe abençoe!" Hildegard abaixou-se novamente e se aproximou tanto a ponto de seu quadril roçar na perna do homem. "Muito obrigada, Senhor, por nos ter dado um Natal." Seus olhos brilhavam e um sorriso salientava as covinhas em seu rosto.

O agricultor estendeu a mão e, com seus dedos ásperos, acariciou a bochecha da garota, que estava avermelhada de frio. Então, ele se virou para trás e abriu uma das caixas que estavam empilhadas na carroça. Ele retirou dois ovos e uma peça de salame e os deu a Hildegard. "Para vocês não irem dormir com fome". O homem sorriu para ela e voltou a conduzir seu cavalo.

Jakob a puxou pela saia.

"Quieto!" Ela o arrastou da rua. Após alguns passos monte acima, ela se virou mais uma vez e olhou para o agricultor. "Ande!"

Na frente da carruagem sobre o Raichberg, uma fogueira já ardia; Margarethe enchia a chaleira de sopa com neve.

Enquanto os sinos da Igreja de São Vito soavam alto para eles, Hildegard colocou os dois ovos e o salame no colo dela.

"Vá lá!" Margarethe acenou apreciativamente.

"Nós ainda temos mais!" Com os olhos refulgentes, Jakob retirou o meio cruzeiro do bolso.

Hildegard umedeceu seu pano vermelho com a neve. "Se vocês forem até a cidade amanhã, é melhor nós não irmos juntos." Cuidadosamente, ela limpou a sujeira do rosto de Jakob.

Christian sorriu ironicamente. "Eu achei que você quisesse procurar um namorado!"

"Eu vou encontrar um quando precisar." Então, Hildegard repetiu as palavras de Jakob: "Nós ainda temos mais!"

Ela remexeu no bolso de sua saia e retirou a bolsa do agricultor. "Abençoado Natal."

***

Notas históricas:

Os códigos municipais da Idade Moderna e o sistema de guildas se distinguiam por um sistema social bem desenvolvido. Porém, a assistência aos pobres era direcionada apenas à proteção e ao sustento dos próprios cidadãos, das viúvas e dos órfãos. Além disso, o sistema de guildas era, por um lado, orientado para garantir a qualidade do trabalho de ofício e, por outro, tinha o objetivo de manter a concorrência afastada. Quem tivesse algo a oferecer podia se estabelecer sem dúvida em uma cidade. Ou se casar para adquirir os direitos civis. Por outro lado, os "viajantes" - que não eram apenas os ciganos, mas também uma parte dos chamados ofícios desonestos - não tinham chance de conseguir os direitos civis. Com isso, não conseguiam pagar os estudos de seus filhos, o que lhes teria dado acesso a uma das guildas. Além dos músicos, funileiros e profissões semelhantes dos viajantes, os coveiros, peleteiros e até pastores, moleiros e barbeiros estavam na lista de ofícios desonestos.

Em muitas cidades, os viajantes não eram tolerados nem como pedintes, de modo que eles precisavam entrar para a vida do crime quase de maneira forçosa para sobreviver.

Pão

Paris, 16 floréal do ano III (5 de maio de 1795)

Troca da guarda na gendarmaria na Rue de la Tixeranderie: Jean-Pierre Chalandon cumprimentou o militar que o substituiria com um olhar sorumbático: "Hoje à noite nós tiramos quatro mulheres grávidas do Sena. Mas só conseguimos salvar uma delas: Claire, a filha da Dechamps, aquela bordadeira velha."

"Eu sei", respondeu Michel. "Eu vi vocês a levando para casa.

"Você ainda estava acordado tão tarde? Já eram quase quatro horas."

"Eu já estava acordado tão cedo.", replicou Michel. "E eu também sei que a Claire deu à luz nesse meio-tempo. A menininha não pesa nem dois quilos. A parteira não tem muita esperança de que ela viva por muito tempo."

"Essa miséria é um crime", disse Jean-Pierre. "E fica pior a cada dia: A partir de hoje, há apenas umas duas onças de pão para cada pessoa em nosso bairro."

"Enquanto os cidadãos que têm o suficiente para pagar dez *livres* ou mais por meio quilo de pão branco podem se esbaldar em *brioches* e *croissants*", disse Michel, bufando. "Mas eu preciso, depois disso, ficar de novo na frente da padaria do Robillard e evitar que as mulheres zangadas lhe arrombem a porta."

"Nisso, ele bem que merecia uma sova. Na semana passada, ele foi denunciado de novo por ter usado farinha de menor qualidade. É de gritar aos céus como essa gentalha se enriquece às custas dos pobres. Mas Deus foi abolido."

"E denúncias não servem para nada!"

Jean-Pierre pegou sua jaqueta e se retirou da guarda. Ainda estava escuro, mas as mulheres já faziam fila por todos os lados. Na frente de muitas lojas, elas esperariam em vão. Também não havia, nesse dia, legumes e manteiga. O Comitê de Salvação Pública do bairro havia lhe dito que, novamente, nenhum fornecedor chegaria à cidade pelo subúrbio de Saint-Antoine. As cidadãs dos subúrbios haviam saqueado tudo.

Ele tilintava as moedas de *sou* no bolso o de sua jaqueta e sorria apesar de tudo, descendo a rua sob os castanheiros florescentes. Era um dia de maio que não podia ser mais bonito em Paris e era aniversário de sua esposa. Ele queria surpreendê-la com um bom pedaço de carne. Ele conhecia, na feira da Igreja de Santa Catarina, um açougueiro que ainda lhe devia um favor, pois ele havia descoberto que ele vendera carne racionada para o cozinheiro de um fabricante de papel. Com certeza ele deveria pagar muito mais do que o máximo permitido, mas isso não lhe importava.

Na frente da padaria do Robillard na Rue de la Jussienne, ele se deparou com uma multidão irritada. A porta da loja estava bem aberta, mas não havia sinal do Robillard. "Cidadãs, o que está acontecendo aqui?"

Mal dava para entender a resposta da viúva Leclerc em meio à confusão de vozes. "...está na padaria", entendeu Jean-Pierre.

"Ele está pendurado na padaria", gritou Nanette, sua vizinha.

Jean-Pierre correu para dentro. O padeiro tinha um saco de farinha sobre a cabeça e estava pendurado em uma viga em cima de um grande tonel do qual brotava a massa, que já havia fermentado bastante.

Era um assassinato. Horrorizado, Jean-Pierre olhou para a cena diante de si e ficou parado para não destruir nenhum vestígio. O assassinato de um padeiro era só o que faltava! Indeciso sobre o que deveria fazer, ele olhou ao redor. Seu turno já havia terminado e, se ele não fosse logo para a feira, não ia conseguir a carne.

Vinte pães de flauta não assados estavam sobre a pá de madeira ao lado do forno, além de incontáveis brioches crus sobre a mesa. O fogo ainda ardia fracamente. Jean-Pierre abriu a porta do forno: baguetes carbonizadas.

Um barulho o fez sair dali: Uma ratazana caminhava embaixo dos sacos de farinha. Esquecendo-se de todas as precauções, ele se aproximou e abriu um dos sacos. Ele estava cheio de vermes. "Eca!" Jean-Pierre se contorceu de nojo.

A pergunta sobre o que acontecera foi esclarecida pela entrada do inspetor Roux: "Bom dia, cidadão Chalandon. Já descobriu algo?"

"Então, o assassinato deve ter acontecido entre as três e quatro horas. Robillard já tinha colocado a primeira leva de pães no forno, mas não chegou a retirar as baguetes prontas. E, para isso, o assassino também chegou muito cedo."

"Ou o pão não lhe despertou interesse."

"Você realmente acredita que alguém deixaria apenas uma porção de pães?"

"Não", respondeu o inspetor. "Na verdade, não consigo imaginar isso. Mas talvez ele tenha sido incomodado."

Jean-Pierre sacudiu a cabeça: "Normalmente, não há ninguém na rua a essa hora. E se houvesse, eu também teria visto. Foi pouco depois das três e meia, quando eu estava levando a Claire para casa. Eu passei aqui em frente; e de novo no caminho de volta para a gendarmaria."

Roux enrolou seu bigode: "Que desgraça! Você não conseguiu ver o assassino."

"Se houvesse alguém na rua, eu, com certeza, teria..." Ele parou. Michel! O Michel devia estar na rua. Como ele pode não ter visto? E por que o Michel não lhe dissera nada?

"O que foi? Algo lhe chamou a atenção?"

Depois de hesitar um pouco, Jean-Pierre sacudiu a cabeça. "Não, inspetor. Não tenho como te ajudar mais. Agora, eu preciso ir correndo para a feira. Hoje é aniversário da Charlotte."

"Bem, então vá lá. Dê-lhe os parabéns por mim e tenham um bom dia."

Porém, apesar de toda a pressa, Jean-Pierre não foi direto para a feira, mas sim de volta para a guarda. Ele queria falar com o Michel. Na gendarmaria, ele veio a descobrir que o salão de reuniões do Comitê de Salvação Pública tinha sido cercado por donas-de-casa revoltadas e que o Michel, além de alguns colegas, estava encarregado da proteção dos membros do comitê.

Sua visita à feira, porém, foi um sucesso total. Jean-Pierre conseguiu, com suas economias, não apenas um grande pedaço de ombro de cordeiro, mas também uma garrafa de um bom vinho tinto e dois ovos. Com isso, não apenas o jantar seria uma festa. O desjejum seguinte também estava garantido. Depois de ter deixado os presentes em casa, ele não queria ficar sentado sem fazer nada até que a Charlotte voltasse. Ele precisava falar com o Michel.

Na frente da sede do Comitê de Salvação Pública, tinham se reunido não somente as donas-de-casa do bairro, mas também alguns cidadãos. De longe, Jean-Pierre conseguia ouvi-las gritando "Pão e a Constituição de 1793". A multidão já estava muito aglomerada na praça na frente da entrada do prédio. Enquanto isso, Michel e os outros gendarmes empunhavam suas pistolas.

"Os comissários roubaram a farinha dos nossos filhos", gritavam as mulheres aos policiais. Iradas, elas agitavam panelas e rolos de macarrão. "Em nome do povo soberano e da lei: É vosso dever prendê-los."

"Nós não vos traímos", ressoou uma voz do primeiro andar. Um membro do comitê surgiu da janela aberta: "Vocês nos elegeram. Por isso, não têm nada que mandar aqui. Isso é uma insurreição!"

"Isso mesmo, uma insurreição", replicou uma jovem garota na primeira fileira, a passadora Josephine Rouillière. "Vocês estão destituídos. Nós escolheremos outros para esses cargos imediatamente." Ela se virou e seu olhar percorreu a multidão, à procura dos poucos homens presentes. "Cidadão Moreau! – Cidadão Duplessis! – Cidadão Grimond! – Cidadão Fielval!" – Jean-Pierre quis se tornar invisível quando o olhar dela foi em sua direção. – "Cidadão Chalandon, perfeito!" Ela o olhava. "Eu sugiro que os senhores sejam os membros do Comitê de Salvação Pública!"

Diante dos gritos de aprovação, Moreau abriu caminho para a frente e tomou a palavra: "Cidadãs, nós agradecemos pela confiança." Ele acenou para Jean-Pierre e os os três outros comissários escolhidos. Então, voltou-se para os gendarmes: "Vocês ouviram. Guardem as pistolas e venham! O comitê está preso."

Depois de olhar para Jean-Pierre, Michel guardou a arma; os outros seguiram o exemplo. Eles haviam reconhecido a eleição: A confrontação entre povo e gendarmes havia acabado.

Nesse momento, uma tropa de soldados virou a rua, comandada por quatro representantes da Convenção Nacional.

"Socorro!", soou do primeiro andar, com a visão.

"Parem!", gritou Jean-Pierre aos soldados. "Não precisamos de sua ajuda. Já está tudo em ordem."

Mas, em seguida, surgiu um estrondo atrás dele. Houve um tiro do primeiro andar.

As mulheres faziam pressão, com gritos irados, no portão

de entrada; já não havia mais como contê-las. Quando os gendarmes se afastaram para o lado, Jean-Pierre viu que um deles estava segurando Michel. Ele correu na direção deles.

Uma mancha de sangue se espalhava rapidamente abaixo do ombro esquerdo de Michel. Gemendo, ele se encostou na parede e pressionou a ferida com a mão direita. "Cidadão Chalandon!" Havia um vestígio de zombaria em sua voz. "O que você está fazendo aqui? Você não deveria estar agora comemorando com a Charlotte?"

"Eu queria te perguntar uma coisa." Jean-Pierre mordeu, por um momento, seu lábio inferior. Então, ele se aproximou bastante de Michel e sussurrou: "Você, o que você estava procurando hoje tão cedo na Rue de la Jussienne? — Você nos viu quando estávamos passando pelo Robillard, não é verdade?"

O rosto pálido de Michel empalideceu ainda mais. Então, ele fez que sim com a cabeça. "Hoje de manhã lá, eu falei muito, mais uma vez. Mas agora tanto faz."

"Tanto faz", confirmou Jean-Pierre em voz baixa, quando Michel perdeu a consciência e desmaiou. "Além de mim, ninguém mais ouviu."

Dois dias mais tarde, Michel morreu no hospital.

***

Notas históricas:

Na França revolucionária, o calendário cristão não estava mais em vigor a partir de 1792. O sistema decimal introduzido em 1790 também foi aplicado ao calendário republicano. O ano tinha 12 meses de 30 dias e a semana tinha 10 dias numerados. Com fins de adaptação ao "ano tropical", foram incluídos cinco ou seis dias adicionais ao fim de cada ano.

Os nomes dos meses se orientavam pelo clima francês ou por atividades campestres. Em vez dos santos cristãos, os dias foram denominados de acordo com plantas, animais e aparelhos.

O calendário republicano foi utilizado até 1806, bem como por duas semanas durante a Comuna de Paris de 1871. Ele entrou em vigor no dia 15 Vendémiaire (mês das colheitas) do ano II (6 de outubro de 1793), antes mesmo de todas as denominações serem definitivas. Porém, o calendário começou já com o 1º Vendémiaire do ano I (22 de setembro de 1792), o dia da proclamação da república, como o primeiro dia da nova era.

1 onça equivalia a 30 g. O pão era o principal alimento da população mais humilde. Por isso, levantes populares podiam ser inflamados pelo preço do pão.

Livre: *Unidade de medida de contas que havia em duas ordens de grandeza diferentes: o* Livre tournois *e o* Livre parisis. *As moedas do Antigo Regime se baseavam no* Livre tournois. *O* Livre *em si existiu até a Revolução Francesa, mas nunca como moeda. Em agosto de 1795, ele foi substituído pelo* Franc.

Os moinhos da justiça

Lucerna, 1824

Michael Corragioni, o médico da cidade de Lucerna, jogou um arquivo estreito sobre a mesa do juiz inferior.

"Aqui está vosso cadáver, Senhor Am Rhyn. Estrangulado. O homem já estava morto quando caiu no Reuss."

"Ah, dessa vez, o resultado é preciso?" Karl Am Rhyn não olhou para cima, mas continuou a escrever concentrado com sua pena. Esse relatório podia esperar; o nômade morto já não tinha mais pressa.

"Qual é o vosso objetivo?" Corragioni ergueu as sobrancelhas.

"O senhor não podia ter nenhuma constatação sobre o juiz inferior Keller naquela época." Am Rhyn observava Corragioni pelo canto do olho, enquanto ele prosseguia. "E agora, os boatos ganham mais força, meu antecessor não teria se afogado no Reuss por descuido."

Corragioni sacudiu os ombros. "Eles vêm à tona com cada morto que nós pescamos." Ele pareceu esperar uma resposta, mas Am Rhyn pôs a pena de lado e começou a folhear o arquivo. Ele não tinha a intenção de explicar melhor sua observação.

"Crias de padres!", murmurou ele quando o médico da cidade já tinha ido. Então, ele chamou seu filho, que trabalhava como seu assistente. "Toni, o conselheiro municipal de Glarus mandou informações mais precisas sobre essa ladra, enquanto isso?"

"As pessoas não nos mandam mais informações, mas mandam a própria moça para o interrogatório, e o irmão dela também. Tudo isso é muito dúbio: As informações que essa pessoa deu sobre as circunstâncias do ocorrido não batem com aquelas que comunicamos ao conselhiero municipal."

Assim que Clara Wendel chegou à prisão em Lucerna, o juiz inferior a fez ser trazida para o interrogatório. Ele a aguardou em uma sala não aquecida no porão do prédio do tribunal.

O gendarme lhe apresentou uma jovem mulher com um vestido tradicional de mangas curtas. Apesar do prolongado período de encarceramento, os olhos castanhos mantiveram seu brilho. Os cabelos pretos também estavam cuidadosamente ajeitados em uma trança comprida. Apenas um lábio rachado e um hematoma azul-amarelado sob o olho direito comprometiam o rosto uniforme.

"Você mentiu", vociferou Am Rhyn sem rodeios. "Nem o mais burro pesca à noite debaixo de chuva."

Clara abaixou o olhar. "Eu relatei fielmente o que eu mesma ouvi sobre esse incidente."

"Você nos disse que não havia estado no local naquela época."

"Mas eu não consigo mais me lembrar direito. O que diferencia uma criança, o que ela mesma vivenciou e o que lhe contaram."

"Então, ela não consegue também diferenciar se é verdade ou mentira", observou o juiz inferior. Ele se levantou e andou em torno de sua cadeira. Próximo a ela, ele ficou parado de pé.

Clara desviou seu olhar e apertou as mãos, uma contra a outra.

"Então?"

"Eu teria denunciado meu próprio irmão se não fosse verdade?"

"Conte-me, então, mais uma vez, o que aconteceu de verdade."

"Eu já disse tudo, não consigo me lembrar de mais nada."

"Então vamos refrescar sua memória." O juiz inferior acenou para o guarda, que se aproximou com o cassetete erguido.

Clara soltou um grito e colocou os braços em frente ao rosto. "Não me bata; eu vou dizer o que sei."

Am Rhyn se afastou para o lado, pegou seu cachimbo, encheu-o lentamente e o acendeu. O guarda bateu duas vezes com o cassetete nas costas de Clara. Ela gemeu e caiu de joelhos.

"Abra a boca, que você terá sossego", disse o juiz inferior, sem olhar para ela.

"Eu estou com frio", sussurrou ela. Ela se agachou no chão de pedras e enrolou os braços em torno dos joelhos.

"Quais das suas informações são mentiras?", perguntou Am Rhyn. "Pois você mentiu."

O guarda ergueu novamente seu cassetete; Clara olhou para ele de canto de olho e começou a tremer. "Eu quero dizer, lá havia um costureiro, um certo Joseph ou Aloys Meyer, que tinha rancor contra os juízes inferiores. O Hansi já estava na região há vários dias e havia juntado as informações. Eu quero dizer, ele sabia o que estava esperando. No mesmo dia, eu fui com a minha mãe para Littauen, onde colocamos fogo. Depois, nós voltamos; o Hansi havia esperado por nós e prosseguimos. Então, isso aconteceu assim como eu relatei."

Am Rhyn colocou o cachimbo de lado para observar suas reações. "O que é esse costureiro que apareceu agora?" Essa foi uma mudança de que ele gostou muito. Ela podia levar a novíssimas revelações.

"Eu penso que o Hansi tinha um incitador. O que o meu irmão poderia ter com o juiz inferior?"

"O que o costureiro poderia ter com o juiz inferior?"

Clara sacudiu os ombros e sorriu para Am Rhyn. "Só estou pensando."

"Então você inventou isso!" Ele se aproximou tanto dela, que seu casaco tocou o rosto dela. "Quem você está encobrindo?"

"Eu informei tudo o que sei." Ela abaixou a cabeça. Ele mal entendia o que ela murmurava. "Eu achei que pudesse ter sido assim. Um motivo ele tem que ter, o costureiro."

"Exatamente!" Am Rhyn curvou-se intimamente em direção a ela. "Talvez ele também tivesse um incitador? Tu ouviste, alguma vez, alguma coisa que te levasse a pensar isso?"

"Não sei. Eu preciso me lembrar melhor disso."

"Lembra-te, então." O juiz inferior a deixou sozinha com o guarda.

Am Rhyn havia sido convidado para jantar na casa da nora. Ele mal percebeu o que estava comendo e só esperava poder se retirar para a biblioteca com seu filho.

"A dama fala o que lhe vem à cabeça, mas, no meio tempo, ela revela alguma coisa."

Toni lhe lançou um olhar de expectativa, enquanto pegava o conhaque e dois copos bojudos de uma vitrine.

Am Rhyn pegou um dos copos e foi servido. Ele cheirou o conhaque e sorriu. "Eu tenho certeza de que formamos um complô em busca de pistas. Finalmente saberemos como o Keller morreu."

"Ele se afogou! Nós também nunca encontramos um indício de que pudesse haver algo de verdadeiro nos boatos."

"Então, foi um assassinato!" Am Rhyn colocou seu copo com tanta força sobre a mesa, que o conhaque se derramou.

"Keller estava, desde o começo, ao lado do Napoleão e se defendia tenazmente do fato de que o Ata de Mediação fosse substituído por uma constituição conservadora. Ele era nossa fortaleza contra os ultramontanos." Am Rhyn enchia seu cachimbo com movimentos bruscos. "Tu não viste como o Corragioni e o núncio apostólico proferiram injúrias quando ele condenou a restauração pelo congresso vienense."

"Mas, mesmo assim, eles não precisavam da morte do Keller. Olha só como nós estamos longe de um estado hoje."

"Por que o papa nomeou o núncio tão repentimente para a cúria romana? Ele até apoiou a política conservadora da igreja de Testaferrata."

"Quando Testaferrata foi destituído, Keller ainda estava vivo."

"E daí? Os vigários têm longos braços." Am Rhyn sacudiu a cabeça. "Como você é ingênuo." Seu filho não era capaz de somar dois e dois?

"Não, pai. Eu acho que você está obcecado com uma coisa que, no final, só vai te prejudicar. O que você quer com as informações de uma ladra que, na época da morte do Keller, ainda era uma criança? Se você estiver enganado, os ultramontanos vão se fortalecer."

"Eu não estou enganado." Am Rhyn se levantou. "Nós não precisamos continuar conversando. Você já vai ver."

Clara estava pálida quando, na manhã seguinte, foi novamente apresentada. Sua touca incrustada com sangue cobria apenas a metade de uma laceração recente no couro cabeludo.

"O que você tem a dizer sobre a morte de Keller, enquanto isso? Fale livremente e não poupe ninguém."

"Devo relatar o curso dos acontecimentos mais uma vez?"

"Não, pois um detalhe ou outro não têm importância." Am Rhyn se levantou e levou Clara até a janela. Ele colocou o braço em torno dela e apontou a casa do patrício perto da ponte do Reuss, ao lado da qual as duas torres abobadadas da igreja dos jesuítas se espelhavam na água. "Tu sabes quem mora ali? Já ouviste de alguém que tenha a ver com os moradores?"

Ela olhou a casa, a igreja e depois voltou. Então, sacudiu a cabeça. "São pessoas finas. Elas eu não conheço."

"Aquela casa foi invadida há oito anos."

"Eu certamente não estava por aqui. Mas eu não colocou a mão no fogo pelos meus. Talvez eu me lembre de algo se o senhor me disser o que foi roubado."

"Talvez tu já tenhas ouvido que um deles foi descoberto no assalto, mas não foi denunciado?" Ele a observava de canto de olho.

"Pois claro... Mas isso sempre custa algo."

"Isso também aconteceu com teu irmão?"

"Com o Hansi não, mas com o Sepp, meu cunhado."

"O que sabes sobre isso?"

"Ele é um homem valioso, o Sepp."

Am Rhyn abaixou o canto da boca.

"Sim, sim", reiterou Clara rapidamente. "Ele se despediu das forças armadas, onde tinha um bom salário, porque queria ser um pai para as crianças. E ele é sábio; conheceu meio mundo." Ela olhou para o rio e puxou sua trança. Então, olhou para Am Rhyn com olhos atentos: "Eu penso, se uma pessoa invade um lugar e o dono da casa o descobre e o deixa ir embora, então não foi um crime?"

"Contanto que não haja uma queixa, ele não tem como ser julgado. Então, conta."

"Sobre isso, eu não tenho mais o que falar. Eu sei disso apenas pela Barbara. Ele teria retornado muito escorraçado, disse a irmã." Clara encostou a cabeça na janela e fechou os olhos. "Estou com uma fome."

"Acostume-se. Conte o que ouviu."

Ela se deixou cair no chão. "Estou muito adoentada."

O juiz inferior não se deixou impressionar. "Caso se lembre de mais alguma coisa, continuaremos a conversar." Ele se virou para a porta. "Bom apetite", disse ele para o guarda ao sair.

Am Rhyn entrou às pressas no escritório de seu filho. "A moça reconheceu a casa!" Ele olhava radiante para Toni. "O cunhado dela foi pego de surpresa pelo Corragioni, que o deixou partir. Eu ainda me lembro com precisão desse caso: O médico da cidade fez uma queixa de assalto pouco tempo antes da morte do Keller, mas não conseguia informar o que havia sido roubado."

Toni enfiou a pena de volta no tinteiro, cruzou as mãos e apoiou a cabeça. Ele examinava o pai e não dizia nada.

Am Rhyn se jogou em uma poltrona. "Tudo faz sentido. Maldita cria de padres, desgraçado."

"A Wendel afirmou isso?"

"Ela confessou que seu cunhado, o Twerenhold, uma vez escapou por pouco. Mas ela tem medo de que alguém ainda o possa acusar disso hoje. Nisso, ela não deu com a língua nos dentes."

Toni se levantou da escrivaninha e se sentou na poltrona em frente a ele. "Pai, você está se deixando levar por isso! O Twerenhold voltou da Holanda apenas em 1820."

"Então, ele utilizou bem suas férias e não apenas para copular." Am Rhyn riu sonoramente de sua piada. "De qualquer forma, o médico da cidade o tinha nas mãos depois do assalto; isso é muito claro."

Toni suspirou. "Você não tem prova; de nada. Nem mesmo uma declaração razoável dessa pessoa. E, com a péssima reputação dela, ela não é uma testemunha válida, nem mesmo para si própria."

"As testemunhas serão encontradas quando ela tiver informado tudo o que souber. Nós já temos o irmão dela; o cunhado ainda apanharemos. E eu também vou intimar o costureiro. Ele é bastante irrepreensível; por isso, seu depoimento tem peso."

"Ela não denunciou o costureiro como incitador?"

"Não se pode acreditar tanto assim nessa pessoa", resmungou Am Rhyn. Ele se irritou com as objeções infinitas de Toni. "Eu sempre pensei que o Corragioni estava por trás disso; agora eu posso, finalmente, comprovar isso. Ele não me escapa mais!"

O juiz inferior fez o interrogatório seguinte ser começado a pancadas. Enquanto Clara apenas gemia, ele a agarrou pela trança e a puxou novamente para a janela. "Minha paciência está se esvaindo aos poucos. Então diga de uma vez o que você sabe sobre o assalto."

"Eu não estava lá."

"Há dois dias, você disse que estava com sua mãe na região para roubar. E seu irmão já esperava. Onde estavam seu cunhado e sua irmã no momento?"

"O Sepp não estava lá!"

"Alguma vez, ele já disse o nome Corragioni?" Você sabe quem ele é?"

"Sim, é o médico da cidade. Os gendarmes, naquela época, apresentaram a Barbara."

"Então, você sabe quem mora lá!"

"Eu não estava lá!"

"Então, você quer desmentir hoje tudo de novo? Ainda não é suficiente para você?"

O guarda entendeu a pergunta como uma instrução e bateu novamente. Por conta da força do golpe, Clara foi arremessada contra a parede; ela começou a chorar e colocou as mãos à frente do rosto.

"Então? Com quem o Sepp se manifestou sobre o médico da cidade?"

"Uma vez, ele disse para o Hansi que ele era um senhor. Não como os outros, que só trazem a misericórdia divina nos lábios."

"O que isso significa?"

"Não sei." O golpe seguinte fez sua laceração sangrar novamente. "Eu penso que ele tinha muita gratidão ao médico."

"E, por isso, seu cunhado podia se mostrar prestimoso? E chamou logo seu irmão para participar? É isso que você quer dizer, certo?"

Clara fez um movimento com a cabeça que Am Rhyn entendeu como um aceno.

"E, então, o Hansi jogou Keller no Reuss. Foi seu irmão que se deixou incitar. Você confessou isso, certo?" Ele a ergueu e a empurrou contra a janela.

Clara ficou calada.

"Você está entregando seu irmão ou não?"

"Sim, mas..."

"...mas foi o Twerenhold? Você só entregou seu irmão porque ele vai ser enforcado de qualquer jeito?"

"Não! Meu cunhado não matou ninguém."

O juiz inferior a fez ficar de pé e se dirigiu ao conselheiro municipal.

"Mande prender o Corragioni. Imediatamente. A Wendel afirmou que ele chantageou seu cunhado com o assassinato de Keller." Esgotado por ter corrido tanto, Am Rhyn se atirou sobre uma poltrona.

"O depoimento de uma ladra não conta. Karl, com base nisso, eu não posso mandar prender um conceituado membro da Dieta Fedeeral." O conselheiro municipal sacudia a cabeça pelo entusiasmo do juiz inferior.

"Nós também precisamos da confissão dos autores; disso eu sei bem. Isso já vai acontecer. Nós já temos o irmão."

"Então volte quando tiver a confissão."

Am Rhyn se levantou; seu rosto ficou vermelho. "Mas o Corragioni vai dar no pé, assim como o núncio, quando perceber que estamos em busca dele."

"Como é que vós chegais a isso agora?

"Quando o novo papa aprovou os jesuítas novamente, Testafarrata quis levá-los de volta para Lucerna. Keller impediu isso naquela época."

"E ficou desse jeito. Então, ninguém ganhou nada com sua morte."

"Mas ninguém sabia disso. Não seja tão teimoso!", berrou Am Rhyn. "Mande prender o Corragioni antes que seja tarde demais."

Serenamente, o conselheiro municipal olhou para ele. "Traga-me a confissão do assassino. Então, você poderá tê-lo."

***

Notas históricas:

Depois da Campanha Alemã, a Europa foi reorganizada no Congresso Vienense de 1814/1815. Para a Suíça, seguiram-se décadas de conflitos sobre a constituição política: As forças conservadoras queriam voltar às relações anteriores à Revolução de 1798, enquanto os liberais queriam se orientar pela Ata de Mediação de Napoleão, que havia anulado o parlamento nacional e o governo central e transferido a maior parte do poder para os cantões. A readmissão dos jesuítas também desempenhou um papel nessa situação complexa, até porque eles tinham importância para a educação.

Neste contexto, havia obstinados boatos de que o juiz inferior liberal-democrata lucernense Keller teria sido assassinado: Ele se afogou em 1816 no Reuss. As declarações de sua filha, como todas as demais circunstâncias, indicam um acidente. Oito anos mais tarde, porém, os boatos se reacenderam por conta das declarações de uma jovem viajante.

O médico católico Michael Leodegar Corragioni d,Orelli, que era, à época, membro do grande conselho e do pequeno conselho do cantão de Lucerna, foi acusado de incitação ao assassinato do juiz inferior Franz Xaver Keller em 1826 e, junto ao clã dos viajantes de Clara Wendel, levado a tribunal.

Ele foi absolvido. As confissões sob tortura dos viajantes serviram ainda menos como considerações políticas.

Clara Wendel também sobreviveu ao processo, enquanto outros de seu clã foram executados.

***

Se você gostou dessas histórias curtas, por favor, os recomende. Recomendações e críticas ajudam outras pessoas a descobrirem livros que valem a pena ler.

Sobre a autora:

Annemarie Nikolaus, nascida em Hessen, viveu por vinte anos no norte da Itália. Em 2010, ela se mudou com sua filha para Auvérnia, na França.

Ela estudou Psicologia, Publicidade, Política e História e trabalhou, entre outros, como psicoterapeuta, educadora de adultos, jornalista, docente e tradutora.

No começo de 2001, ela deu início a sua escrita literária.

Ela publica obras desde 2005, de maneira independente de editoras desde 2011.

Blog **em português**: https://bit.ly/2RGfOZS

Esteja à vontade para entrar em contato:
Twitter : http://twitter.com/AnneNikolaus

****

Publicações:

Em português:

Prescrito. Contos policiais históricos. ISBN da edição de bolso 9782902412785

Contos encantados. Histórias curtas não só para crianças. ISBN da edição de bolso 9782902412792

Dessa para melhor. Histórias curtas. ISBN da edição de bolso 9782902412921

Reduzidos ao silêncio. Um suspense curto.. ISBN da edição de bolso 9782902412938

Aquitânia: o fim de uma guerra. Série *À beira do caminho*…. ISBN da edição de bolso 9782493398277

Títulos originais em alemão:

Romances e Contos

Históricos

Königliche Republik. Romance histórico. ISBN da edição de bolso 9782902412471.

Verjährt. Contos policiais históricos. ISBN da edição de bolso 9782902412549

Fantásticos

Die Piratin. Série *"Drachenwelt"*. Romance de fantasia. ISBN da edição de bolso 9782902412495

Das Feuerpferd. Romance de fantasia, em parceria com Monique Lhoir e Sabine Abel. ISBN da edição de bolso 9782902412501.

Magische Geschichten. Histórias curtas não só para crianças. ISBN da edição de bolso 9782902412488

Renntag in Kruschar. Antologia de fantasia. Série *"Drachenwelt"*. Apenas em E-Book.

Leuchtende Hoffnung. Um romance de ficção científica em forma de calendário do Advento. Romance de ficção científica ilustrado. ISBN da edição de bolso 9782902412563

Romances policiais

Bitterer Wein. Série *"Médoc"*. ISBN da edição de bolso 9782493398017

Haus zu verkaufen. Drama em familia. ISBN da edição de bolso 9782902412983

Ustica. Um suspense curto. ISBN da edição de bolso 9782902412556.

Tot. Histórias curtas. ISBN da edição de bolso 9782902412587.

Verjährt. (veja acima)

Novelas de dança

Die Enkelin. Romance da série *"Quick, quick, slow – Tanzclub Lietzensee"* da edição Schreibwerk. ISBN da edição de bolso 9782493398093.

Flirt mit einem Star. Romance da série "Quick, quick, slow –
Tanzclub Lietzensee" da edição Schreibwerk. ISBN da
edição de bolso 9782493398109

Zurück aufs Parkett. Romance sobre casamento da série
"Quick, quick, slow – Tanzclub Lietzensee" da edição
Schreibwerk. ISBN da edição de bolso 9782493398116

Livros de não ficção

Curiosidades pelo caminho

Aquitanien: Das Ende eines Krieges. Série *"Am Rande des
Weges ..."* ISBN da edição de bolso 9782902412570

A série de reflexões sobre Literatura e Livros

Suche Reisebegleitung. *Fliegende Blätter*. ISBN da edição
de bolso 9781499608427.

Junge Welten. *Fliegende Blätter*. ISBN da edição de bolso
9781500971991

www.ingramcontent.com/pod-product-compliance
Lightning Source LLC
LaVergne TN
LVHW092036190726
843493LV00002B/701